Arrête de faire le singe !

ISBN 978-2-211-21361-5
Première édition dans la collection *lutin poche* : juin 2013
© 2010, l'école des loisirs, Paris
Loi numéro 49 956 du 16 juillet 1949 sur les publications
destinées à la jeunesse : septembre 2010
Dépôt légal : juin 2013
Imprimé en France par Clerc SAS à Saint-Amand-Montrond

Mario Ramos

Arrête de faire le singe !

Pastel

lutin poche de l'école des loisirs

11, rue de Sèvres, Paris 6e

« **A**rrête de faire le singe !
Tu bouges tellement que je n'arrive pas
à t'habiller correctement ! » disait ma mère.

«Arrête de faire le singe!
Tu ne peux pas jouer calmement
sans faire de bêtises?» disait mon père.

«Arrête de faire le singe! Tu es fatigant.
Tu vas finir par avoir un accident!»
disaient mes parents.

Ne sachant plus quoi faire,
ils m'ont emmené chez le médecin.
Le docteur m'a ausculté et a dit : « Je vois, je vois… »
Puis, il a avoué qu'il ne voyait rien du tout.

Et la vie a continué.
«Arrête de faire le singe ! En voilà des manières !
On ne met pas ses pieds sur la table !»
disait mon père.

«Arrête de faire le singe! Ce n'est pas comme ça qu'on s'assied dans un fauteuil!
Tu vas te rendre malade!» disait ma mère.

Un jour, mon père, voulant protéger
son vase préféré, provoqua une catastrophe.

19

«Si tu pouvais arrêter de faire le singe…»
soupira ma mère.
«Cette fois-ci, il lui faut une bonne leçon!»
gronda mon père.

Alors, Papa m'emmena au zoo.
«Tu vois ce qui se passe quand on fait le singe?
C'est ça que tu veux? Finir dans une cage?»

Non. Je ne voulais pas être enfermé.
Alors je suis parti.
Il y avait bien une place pour moi
dans ce vaste monde.

Après un long voyage,
je suis arrivé dans un endroit merveilleux.
Et j'ai décidé de m'arrêter là.

On ne pensait qu'à s'amuser toute la journée.
Notre jeu préféré était d'embêter les crocodiles,
mais il fallait faire très attention…
Un matin, Bonobo a glissé et un crocodile l'a avalé.

Il y avait aussi Boa le serpent qui voulait toujours
nous serrer très fort dans ses bras.

C'était la jungle, et j'aurais pu rester là éternellement. Mais un jour que je bondissais de liane en liane, j'ai remarqué une affiche.

À la lisière de la jungle,
un chapiteau brillait de mille feux.
J'ai pris une place et j'ai attendu
comme les autres que le spectacle commence.

Je n'avais jamais rien vu d'aussi beau !
À la fin, le public a applaudi si fort
que le chapiteau en a vibré. C'était magique !
Je savais ce que je voulais faire.

J'ai commencé par des petits boulots.
Je passais des heures à admirer Gagarine marcher sur le fil.
Un jour, il m'a demandé si je voulais essayer.
Après m'avoir bien observé, il a déclaré : «Tu es doué,
mais je crois que le trapèze te conviendrait mieux !»

J'ai adoré !
Je valsais dans les airs de trapèze en trapèze.
On m'appelait l'Étoile. J'étais très fier.
Quand on est passés dans ma ville natale,
j'ai envoyé une invitation à mes parents.

Ils sont venus voir le spectacle.
«Arrête de faire le singe!» a dit mon père.
«Ça va mal se terminer!» a dit ma mère.
«Chut! Silence!» disaient les spectateurs.

La soirée s'est terminée en triomphe.
Le public s'est levé pour applaudir et crier :
«Bravo ! Bravo ! Bravo !»
Mes parents aussi se sont levés, très fiers,
en disant : «Merci, merci beaucoup !
C'est notre enfant !»